Rachel
**BRIGHT**

Jim
**FIELD**

# TAITH FAWR
# CENAU
# BACH

THE WAY HOME FOR **WOLF**

Addasiad Eurig Salisbury

atebol

Un noson oer dan leuad wen
ac enfys risial fawr fel llen,
fe udai'r gwynt, ac udai haid
o fleiddiaid hefyd yn ddi-baid.

As a rainbow of lights flickered soft in the night,
Dusting diamonds of ice in a desert of white,
The wild, whipping wind, it whistled its tune
To a howling of wolves and a shimmering moon.

A'r udwr mwyaf, ar fy llw,
oedd Cenau bach, 'AAA–WWW!'
Roedd o'n dyheu am fod yn hŷn,
a gwnâi bob peth AR EI BEN EI HUN.

And the loudest 'ARRRROOOOOO' in this echoing song
Was a wolfling called Wilf at the heart of the throng.
He loved to be fierce and longed to be grown.
He liked to try everything ALL ON HIS OWN.

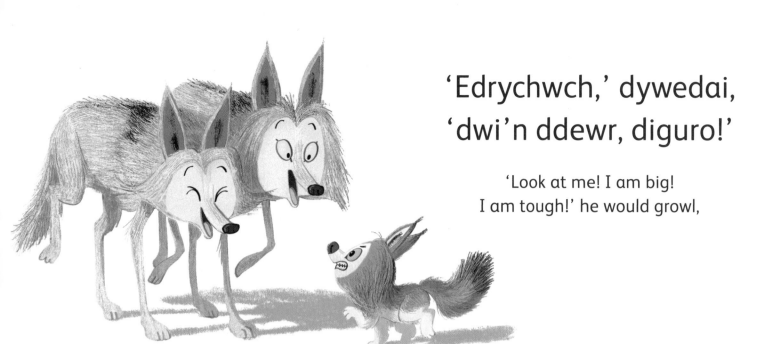

'Edrychwch,' dywedai,
'dwi'n ddewr, diguro!'

'Look at me! I am big!
I am tough!' he would growl,

gan ddangos
ei gryfder

whilst he showed
off his strength

wrth chwarae a sleifio.

and practised his prowl.

Ond bu'n rhaid codi pac, doedd wybod i ble . . .
roedd teulu mawr arall wedi cymryd eu lle!
I ffwrdd aeth y bleiddiaid ar eu siwrnai bell
i chwilio un bore am gartre gwell.

One night it was time for the wolves to move on …
New folks had moved in and their shelter was gone!
So they left right away, to find a new cave.
They would have to walk far and they'd have to be brave.

'Ffordd yma!' gwaeddodd Cenau, 'fi yw'r PEN BLAIDD.'
'Ond Cenau,' chwarddai'r lleill, 'rwyt ti'n fychan, braidd.
Ryw ddydd, cei di arwain, pan fyddi di'n fawr.'
'Caf, debyg,' tuchodd Cenau, a'i drwyn tua'r llawr.

'Let's go!' shouted Wilf, 'I am ready to LEAD.'
'You're too small,' laughed the wolves, 'it's an elder we need.'
'One day,' they advised, 'you will guide from the front.'
'I suppose,' muttered Wilf with a huff and a grunt.

Ymlaen aeth y bleiddiaid drwy'r eira'n chwim,
heb feiddio sefyllian rhag rhewi mewn dim.

They struggled through snow as high as their flanks
And leapt over rocks as they scaled icy banks.

A rhedeg wnaeth Cenau ei orau glas,
ond byr oedd ei goesau a hir oedd y ras.

Wilf gave his all to keep pace and keep up,
But strong-willed as he was, he was still just a pup.

# O gam i gam,
## roedd Cenau'n colli tir,

He kept dropping
back with each clamber
and climb,

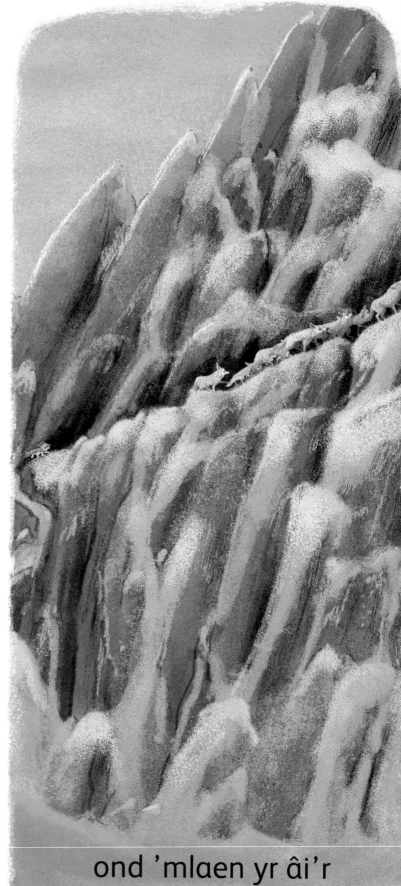

## ond 'mlaen yr âi'r
## bleiddiaid
## ar eu siwrnai hir.

as the pack journeyed
further away all the time.

A phan ddaeth storm eira
i guddio'r byd,

Exhausted and breathless,
he strayed off the track

roedd Cenau bach druan ...

when a blizzard blew in ...

… ar goll i gyd.

. . . and he lost his way back.

Ni fyddai'r un dim
yn well gan y gwalch
nag udo am help ...
ond roedd o'n rhy falch.

Wilf longed to howl, "Help!"
and to holler it loud ...
But his throat was too hoarse
and his heart was too proud.

Gorweddodd ar glustog
ei gynffon fach flêr,
ar wely'r anialwch
dan flanced o sêr.
Ond yna ...

He lay on the tundra,
his tail curled up tight.
A blanket of stars was
his bed for the night.
Until ...

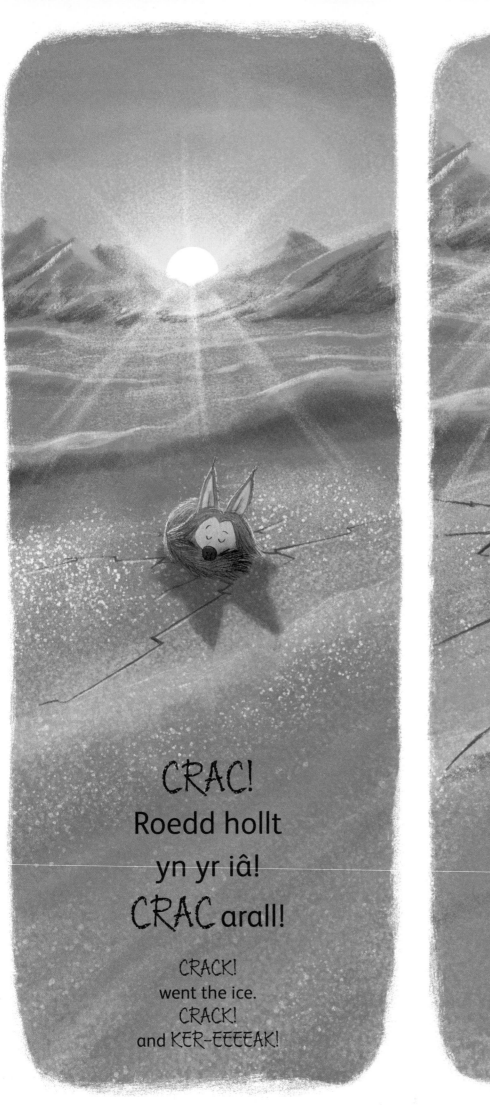

CRAC!
Roedd hollt
yn yr iâ!
CRAC arall!

CRACK!
went the ice.
CRACK!
and KER-EEEEAK!

Neidiodd Cenau
a sibrwd, 'O, na!'

Wilf jumped to all fours
with a deafening shriek.

Ond safodd yn stond
wrth iddo gofio . . .
doedd bleiddiaid bach
ddim yn gallu nofio!

He stuck out the
claws on every limb.
He HAD to hold on . . .
because Wilflings can't swim!

Torrodd yr iâ'n deilchion,
ac i lawr aeth Cenau,
a'i antur . . . na, nid ar ben,
ond ar fin dechrau!

Then he fell and he fell,
rolling and spinning.

It felt like the end,
but was just the beginning . . .

I lawr yn y dyfnder fe nofiai rhyw gawr
a welodd fod Cenau mewn trwbwl go fawr.
'Nawr, paid ti â phoeni – jiw, rhaid bo ti'n o'r!
Dal di yn fy nhrwyn,' meddai . . . UNCORN Y MÔR!

Trodd balcher y blaidd yn beth pitw bach,
wrth i'w ffrind ei gario'n ôl i'r awyr iach.

. . . since somebody down there had heeded his scream
And she swooped from beneath like a watery dream.
'I'll help you!' she called. 'Just reach for my horn!'
A majestic and magical . . . SEA UNICORN!

Wilf's pride washed away and he stretched out a paw
As she lifted him gently back onto the shore.

'Pen lan!' meddai'r Uncorn
cyn mynd nôl i lawr,
'gall WALI, fy ffrind i,
dy helpu di nawr.'

'Don't worry!' she sung
before dipping her brow,
'My friend MR WALRUS
will help you out now.'

A dyna lle safai clamp o walrws tew
yn ysgwyd ei wisgars ar wyneb y rhew.
'Fe awn ni i'r brynia,' dywedodd yn sydyn,
'gall YCH MWSG, fy ffrind i, roi help iti wedyn.'

And there, right behind him, a huge, tusky fellow
Lifted his whiskers and let out a BELLOW!
'To the ridge!' he proclaimed with his chin in the air.
'My friend, mighty MUSK-OX will take you from there.'

Ac mewn dim o dro, aeth Cenau o'r llyn,
ar gefn yr hen Wali, i gopa rhyw fryn.

And with waftings of fish and a very loud snort
Their journey was made and their travel seemed short.

Ac yno, siŵr iawn,
roedd yr Ych Mwsg caredig,
a'i cariodd drwy'r eira at . . .

And there, sure enough,
on the ridge was the ox,
Who took Wilf as far
as his friend . . .

## ... LWYNOG YR ARCTIG.

Dilynodd hwnnw'i drwyn at . . .

### ... ARCTIC FOX.

Who followed his nose through the trees to a . . .

## ... WŶDD YR EIRA.

Ac aeth honno ag o at . . .

### ... GOOSE

Who guided him, honking, to . . .

## . . . yr ELC HYNA'!

Fe wyddai'r hen Elc
am bethau'r byd,
y llwybrau drwy'r mynydd
a'r gelltydd i gyd.

. . . this ancient MOOSE!

The moose knew these wilds
like no other soul.
He was steady and true
in pursuit of their goal.

Ac wrth iddi nosi,
fe ganodd ei gân,
cân dawel yn galw
am bêl o fflwff mân . . .

And as twilight closed in,
Moose sang out a call
To a flittering, fluttering,
tiny fluffball . . .

Ie, GWYFYN Y GAEAF!
Drwy'r coedwigoedd maith,
daeth yntau â Cenau
i derfyn y daith.

A BEAR-MOTH! who showed
Wilf the rest of the way
To the place where this
wolfling most wanted to stay.

'DIOLCH!' gwaeddodd C
wrth ymuno â'r haid,
a phawb yn ei gwtshio
ac yn udo'n ddi-baid.

'THANK YOU!' Wilf waved
as he rejoined his pack,
And the wolves howled with joy
that their Wilfling was back.